SUCCESSION DE FEU CH.-TH. DEBLOIS

Vente du Jeudi 14 Novembre 1907

HOTEL DROUOT   SALLE N° 9

N° 1 du Catalogue.

PEINTURES

ESTAMPES MODERNES

M. GEORGES TIXIER
43, rue de la Chaussée d'Antin

M. LOYS DELTEIL
2, rue des Beaux-Arts, 2

Exposition publique à l'Hôtel Drouot, Salle N° 9
Le Mercredi 13 Novembre 1907, de 2 heures à 5 h. 1/2

Imprimerie

FRAZIER-SOYE

153, rue Montmartre

PARIS

CATALOGUE

DES

PEINTURES

ET DES

ESTAMPES MODERNES

provenant de la

Succession de feu M. Ch. Théodore DEBLOIS, Graveur

Grand Prix de Rome, Chevalier de la Légion d'Honneur

Dont la vente aura lieu

à Paris, HOTEL DROUOT, Salle N° 9

Le Jeudi 14 Novembre 1907

à 2 heures précises

Par le Ministère de M° GEORGES TIXIER

COMMISSAIRE-PRISEUR

45, rue de la Chaussée-d'Antin

Assisté de M. LOYS DELTEIL, Artiste-Graveur, Expert

2, Rue des Beaux-Arts

CONDITIONS DE LA VENTE

Elle sera faite au comptant.

Les adjudicataires paieront *dix pour cent* en sus des enchères.

M. Loys Delteil remplira les commissions que voudront bien lui confier les amateurs ne pouvant y assister : il se réserve, en outre, la faculté de diviser ou de rassembler les lots.

MM. les amateurs pourront visiter la collection, 2, *rue des Beaux-Arts*, le mardi 12 novembre, de 2 heures à 5 heures.

Exposition Publique, à l'Hôtel Drouot, le mercredi 13 novembre 1907, de 2 heures à 5 heures 1 2.

Le Peintre-Graveur Illustré

(XIXᵉ & XXᵉ SIÈCLES)
par LOYS DELTEIL

OUVRAGE HONORÉ D'UNE SOUSCRIPTION DU MINISTÈRE DE L'INSTRUCTION PUBLIQUE
ET DES BEAUX-ARTS

TOME Iᵉʳ. — MILLET, ROUSSEAU, DUPRÉ, JONGKIND
Épuisé.

TOME II consacré à CHARLES MERYON

1 volume in-4° de 190 pages, orné de portraits de MERYON, de 154 fac-simile et d'une eau-forte origi-nale de MERYON.

40 Exemplaires de luxe.	**Épuisés**	
400 Exemplaires avec l'eau-forte de MERYON . .	**25** francs	
200 — sans l'eau-forte.	**20** —	

EN PRÉPARATION *pour paraître en mars 1908 :*

TOME IIIᵉ consacré à INGRES et à EUG. DELACROIX

EN PRÉPARATION *pour paraître en mai 1908 :*

TOME IVᵉ consacré à ANDERS ZORN.

MANET, Graveur et Lithographe, par ET. MOREAU-NÉLATON :
1 vol. in-4°, orné de 125 reproductions

20 Exemplaires sur japon à.	**60** francs	
205 — sur papier couché à	**40** —	

L'ŒUVRE LITHOGRAPHIQUE
DE
FANTIN-LATOUR

Catalogue Complet de ses lithographies reproduites et réduites
par le procédé héliographique de J. BOYET

1 album de format in-folio, offrant, par le meilleur des procédés et dans les dimensions les plus grandes possibles, la repro-duction de toutes les lithographies de FANTIN-LATOUR.

Cet ouvrage, tiré sur très beau papier, est limité à 125 exemplaires numérotés, dont 100 seulement mis dans le commerce.

Prix de l'Exemplaire. . . . . **100** francs

PEINTURES

COMERRE (Léon)

1. L'Orientale. Toile. *Signée. Dédicace au graveur Deblois.*

DUPRÉ (J.)

2. Vache couchée. *Signée.*

DUTZSCHOLD (H.)

3. Les Bords de la Marne (La Varenne). Avec *dédicace.*

FLAMENG (François)

4. Portrait du graveur Ch. Th. Deblois, 1880. *Signée. Dédicace.*

GAGLIARDINI (J. G.)

5. Paysage de Provence. *Signée. Dédicace.*

HAQUETTE (G.)

6. Le Moulin à eau. *Signée. Dédicace.*

LUCAS (F. H.)

7. Les Falaises. *Signée.*

MOULLION (A.)

8. La Chienne en arrêt. *Signée.*

PICHOT (E. J.)

9. Tête de Femme. *Signée. Dédicace.*

10. Nature morte. *Signée. Dédicace.*

RIZO

11. Réflexion. *Signée. Dédicace.*

SCHOMMER (F.)

12. Portrait de Femme. *Signée. Dédicace.*

TAUPIN (A.)

13. La Cascade, à Cauterets. *Signée.*

ESTAMPES

DEBLOIS PÈRE (Charles-Alphonse)

14. Le Violon de Crémone, d'apr. C. L. Muller (en collaboration avec H. Eichens). Trois épreuves d'état, une *encadrée*, avec *dédicace*.

15. Premières leçons — Premières amours. Deux pl. d'après Perrault, se faisant pendants. 4 épreuves (3 sont *avant la lettre*).

16. La Chasse — La Pêche. Deux pl. d'apr. Rudaux, se faisant pendants. Epreuves *avant la lettre*. Encadrées.

17. Les mêmes estampes. 6 épreuves d'états.

18. Les Fiancés, d'après Jourdan. 4 épreuves (2 *avant la lettre*).

19. La Becquée, d'après de Jonghe. Epreuve *avant la lettre*, encadrée.

20. La même estampe. 2 épreuves *avant la lettre*.

21. Ophélie — Marguerite. Deux pl. d'après J. Bertrand, se faisant pendants. Epreuves *avant la lettre*, encadrées.

22. Les mêmes estampes : Ophélie, 8 épr., Marguerite, 1 épr., 9 épreuves d'état.

23. Jours heureux, d'après Chaplin. Epreuve *avant la lettre*, encadrée.

24. La même estampe, 6 épreuves d'état.

25. L'Éternel roman, d'apr. Compte-Calix. 4 épreuves *avant la lettre*.

26. Le Concert, d'apr. Terburg. Epreuve *avant la lettre*. Encadrée.

27. La même estampe. Sept épreuves *avant toute lettre*.

28. La même estampe. 8 épreuves *avant la lettre*.

29. Conversation dans un Parc, d'apr. Pater. Epreuve *avant la lettre, signée, encadrée*.

30. La même estampe, 11 épreuves *avant la lettre*.

31. Un Peintre, d'apr. Rudaux, 1876, 2 épreuves d'état.

32. Sur le Bateau. Deux pièces se faisant pendants. 10 épreuves d'essai.

33. Vignettes pour Molière, Boileau, Chateaubriand, etc. pour les éditions Mame, Garnier, Furne et Perrotin.

34. Sujets divers : Les Orphelines? — Et il a vu lever l'aurore — Jamais bredouille, 2 pl. d'apr. Rudaux. — Un Bal au château de Fontainebleau. 14 pièces, épreuves d'essai.

35. Scènes Louis XV, 2 planches se faisant pendants. Épreuves *avant la lettre*, encadrées.

36. Les mêmes estampes, 5 épreuves *avant la lettre*.

37. L'Adoration, d'apr. Muller. Épreuve *avant la lettre*, encadrée.

DEBLOIS FILS (Charles-Théodore)

38. Mort de Françoise de Rimini, d'apr. Cabanel. Important dessin au crayon noir. Encadré.

39. Le Baiser, d'apr. Carolus-Duran. Épreuve *avant la lettre*. Encadrée.

40. La même estampe. Deux épreuves d'essai *avant l'encadrement*.

41. Mort de Manon Lescaut — Mort de Virginie. Deux pièces, d'apr. J. Bertrand, se faisant pendants. Épreuves *avant la lettre*. Encadrées.

42. Ange Doni, d'après Raphaël. 4 épreuves (une encadrée).

43. Évanouissement de Sainte Catherine, d'après Le Sodoma. Épreuve *avec remarque*, encadrée.

44. Alboni (Maria), d'après Pérignon. 21 épreuves d'essai (une encadrée).

45. Bonnault d'Houët (V⁺ et V⁻ de) d'après L. Doucet. Deux pl. se faisant pendants. 24 épreuves d'essai (deux encadrées).

Nº 23 du Catalogue.

46. Carmen (Mme Galli-Marié), d'apr. Doucet, 10 épreuves d'essai (deux encadrées).

47. La Foire aux Servantes, d'apr. Ch. Marchal. Épreuve *avec remarque, sur parchemin*. Encadrée.

48. La même estampe. Sept épreuves d'essai.

49. La Calomnie d'Apelles, d'apr. Boticelli. Épreuve *avant la lettre*, encadrée.

50. La même estampe. 19 épreuves d'essai.

51. Judith, d'apr. Boticelli. Épreuve *avant la lettre*, encadrée.

52. La même estampe. 14 épreuves d'essai.

53. Les Amateurs de peinture, d'apr. E. Meissonier. Épreuve *avec remarque*, sur *parchemin*, encadrée.

54. La même estampe. 13 épreuves d'essai, sur parchemin ou japon.

55. Les trois Fumeurs, d'apr. E. Meissonier. Épreuve *avec remarque*, encadrée.

56. La même estampe. Épreuve *avec remarque*, sur *parchemin*.

57. La même estampe. Seize épreuves d'essai. On y a joint le dessin de Deblois pour sa gravure.

58. Femme couchée, d'apr. Doucet. Épreuve *avant la lettre*, encadrée.

59. La même estampe. 17 épreuves d'essai.

60. L'Amour, d'apr. W. Bouguereau. 17 épreuves d'essai.

61. *Interviewing their Member*, d'apr. E. Nicol. Epreuve *avant la lettre*, sur *parchemin*, encadrée.

62. La même estampe. 9 épreuves d'essai.

63. Episode du Siège de S' Quentin, d'apr. F. Tattegrain. 20 épreuves d'essai.

64. La même estampe. 20 épreuves d'essai.

65. Pendant de la pl. précédente, d'apr. F. Tattegrain. 17 épreuves d'essai.

66. Défense de Paris, 2 pl. d'apr. F. Schommer, se faisant pendants. Epreuves *avant la lettre*, encadrées.

67. Les mêmes estampes. 38 épr. d'essai.

68. Le Trepidarium, d'apr. Th. Chassériau. Epreuve *avant la lettre*. sur *parchemin*, encadrée.

69. La même estampe. 6 épreuves d'essai.

70. Les Méprises de la Chasse, d'apr. J. Denneulin. 8 épreuves d'essai.

71. Bonaparte pardonnant aux révoltés de Pavie, d'apr. Boutigny. Epreuve *avant la lettre*, encadrée.

72. Un Bal à la Cour de Henri III, d'apr. Clouet. Epreuve *avant la lettre*. sur japon. Sous verre.

73. La même estampe. 10 épreuves d'essai.

74. La même estampe. 11 épreuves d'essai.

75. S'ᵉ Cécile. — A l'école des Sœurs. — Monument de Barra. — *An ancient Custom*, d'apr. E. Long. 15 pl. épreuves d'essai (2 encadrées).

76. Sujets divers — Paysages — Vignettes. 50 pl. d'apr. les artistes anciens et modernes.

77. Vignettes et en-têtes pour les Œuvres de Victor Hugo. 50 pl. par Deblois, Boisson, Muller, Ruet. *Bons à tirer*.

78. Vignettes et en-têtes pour les Œuvres de Victor Hugo. 240 pl. par Deblois, Boisson, etc., la plupart sur japon, épreuves d'état (quelques doubles).

79. Vignettes pour les Œuvres de Balzac. 66 pl. épr. d'état (plusieurs doubles).

80. Ste Famille, d'apr. And. del Sarte. *Cuivre*.

81. Etudes de figures. Neuf aquarelles.

82. Paysages et vues d'Italie. Vingt-quatre aquarelles.

CHEREAU (à Paris chez)

83. Le Matin. In-4°. Belle épreuve.

COURTRY (Ch.)

84. Sujets divers et Portraits. Seize pièces d'apr. Watteau, Gérôme, Willems, etc., épreuves d'état.

COUSINS (Henry)

85. *Light & Shade*, d'apr. J. Sant. Epreuve encadrée.

COUSINS (Samuel)

86. Lady Evelyn L. Gower et le Mis de Strafford, d'apr. E. Landseer. Grand in-fol. Encadrée.

DIVERS

87. Un arton contenant 180 pl. par divers graveurs.

FORSTER (F.)

88. La Vierge de la Maison d'Orléans, d'apr. Raphaël. Encadrée.

HENRIQUEL-DUPONT (L.-P.)

89. Mariage mystique de Ste Catherine, d'apr. le Corrège — Les Pélerins d'Emmaüs, d'apr. P. Véronèse. Deux pl. in-fol.

90. La Vierge et l'Enf. Jésus, d'apr. Raphaël. — Vte H. Delaborde — Brongniart — Cavelier — Henriquel-Dupont (par Bellay). Six pièces.

PIRANESI (J.-B. et F.)

91. Monuments de Rome. 3 pl. grand in-fol.

RENOUARD (Paul)

92. Page d'exercices — La Loge directoriale — Les deux Danseuses. Trois pièces avec *dédicace*, une tirée en *sanguine*.

WALTNER (Ch.-Alb.)

93. *Romeo and Juliet — Harmony*. Deux pl., d'apr. Dicksée, se faisant pendants.

94. Les mêmes estampes.

RECUEILS

95. *Versailles et les deux Trianons*, texte par Ph. Gille, dessins de M. Lambert, pl. de C. T. Deblois — Mame, s. d, — 2 vol in-fol. en feuilles (quelques-unes défraîchies). On a joint à cet exempl. 55 épr. d'essai. des pl. de Deblois pour cet ouvrage.

96. Les Arts au Moyen-Age et à la Renaissance, par P. Lacroix. — Paris, F. Didot, 1877. Exempl. défraîchi.

97. *Brazil pittoresco — Album..*, — Paris, Lemercier, 1861 — 64 pl. in-fol. en 1 alb. cart.

BRONZE

98. Faune dausant, bronzé d'après l'antique, signé : *Sabatino, Naples, 1882.*

99. Sous ce numéro, il sera vendu par lots, environ 2,500 gravures, dessins, peintures, etc.

IMPRIMERIE

FRAZIER-SOYE

153-157, rue Montmartre

PARIS

www.ingramcontent.com/pod-product-compliance
Lightning Source LLC
LaVergne TN
LVHW010907180726
843502LV00010B/4016